한국 희곡 명작선 107

짝

한국 희곡 명작선 107

짝

강수성

평민사

상수성

짝

등장인물

여자(金世和, 또는…)
일남(張一男)
이남(具二男)

무대

아파트의 거실. 정면의 넓은 창문 너머로 도시의 풍경들이 보이고 응접세트를 비롯한 고급의 가구와 장식품, 그림이나 사진 액자 등의 배치가 집주인의 교양과 취향을 말해주고 있다. 현관문과 주방은 실제 보이지는 않지만 적당한 위치에 자리 잡고 있는 셈. 거실을 주축으로 하여 방은 3실 정도의 구조로 하면 되겠다.

1.

텅 빈 무대. 한참 동안 고요… 벨 소리. 그리곤 고요. 다시 벨 소리 길게. 여자, 주방에서 나온다.

여자 누구세요? (응답이 없다, 좀 크게) 누구세요?

소리 (밖에서 남자 목소리) …. 여기가… 김세화씨 댁이신가요?

여자 예. 어떻게 오셨어요?

소리 저….

여자 (현관으로 가서 문을 열어주며) 들어오세요. (잠잠…)

일남, 주뼛주뼛 들어선다. 키는 크지만 조금 깡마른 체격이다.

여자 어서 오세요.

일남 … 잠깐 실례하겠습니다. (다소 조심스럽게 들어와서는 두리번)

여자 (악수를 청하며) 반가워요. 김세화라고 해요.

일남 (얼떨결에 손은 맞잡고 허리를 굽혀 절을 하곤) 반갑습니다. 전… 장일남이라고 합니다. 광고를 보고….

여자 (말을 가로채어) 장일남? 그냥 일남 씨라고 부르면 되겠군요?

일남 예?… 예.

여자 앉으세요.

일남   (소파에 앉아 또 두리번…)

여자   나이가 몇인지 물어봐도 되겠죠?

일남   예?

여자   전 서른다섯이에요. 일남 씬?

일남   (다소 겸연쩍은 웃음) 서른… 여덟입니다.

여자   지금까지 결혼 안 하신 이유는?

일남   … 안 한 것이 아니라… 못 한 거죠.

여자   그러니까 못 하신 이유는 뭐였나요?

일남   (머뭇머뭇) 저… 말씀드리기가…,

여자   괜찮아요. 말씀해 보세요.

일남   전… 홀어머니를 모시고 있습니다.

여자   단지 그것뿐인가요?

일남   예. 대개 거기서 걸리고 말더군요. (차츰 분위기에 젖어 들며) 연애든 중매든 일단 마음을 정하고 달려들었다 하면 거기서 덜커덩 제동이 걸리고 말았습니다. 저 역시도… 시어머니 모시기 싫다는 여자완 결혼하지 않습니다.

여자   저도 그렇다면?

일남   역시 그렇군요…. (일어서서 정중하게 인사를 하고는 밖으로 향한다)

여자   잠깐만!

일남   (되돌아서며)…?

여자   전 시어머니를 모실 수도 있어요. 경우에 따라서는 모시는 걸 반대하지 않아요. 본인만 제 마음에 들면 그런 조건

쯤이야 얼마든지 수용할 수 있으니까요.

일남 저… 저의 어머니는 매우 까다로운 분입니다.

여자 오, 그래요…? 얼마만큼 까다로우신가요?

일남 글쎄요. 말로 나타내긴…, 뭐 이렇게 표현하면 어떨까요… 모든 여자가 저의 어머니 눈에 비쳤을 때 반드시 한 가지 이상의 결점은 드러나고야 만다….

여자 일남 씨 어머닌 그 결점을 그냥 결점으로 보지 않고 어쩌면 장점으로 미화시키는 분일지도 모르겠군요.

일남 그렇다면… 희망을 걸어도 될까요?

여자 그건 그쪽 마음먹기 나름이죠.

일남 … 전 너무 예쁜 여자를 보면 자신이 없어지곤 해요. 세화 씨 같은 미인을 제 아내로 맞아들이기엔 너무 과분한 것 같군요. (현관 쪽으로 몇 걸음 옮기는데)

이때 벨 소리. 잠시 사이. 연이어 벨 소리 급하게 두 번. 일남은 그 자리에 어정쩡하게 서 있게 된다.

여자 누구세요?

이남 (응답 없이 성큼 들어서며) 김세화 씨를 만나러 왔습니다. (여자를 일별하고는) 세화 씨군요. (당당하게 실내로 올라와서는 대뜸 악수를 청하며) 반갑습니다. 구이남이라고 합니다.

여자 (엉겁결에 손을 맞잡고, 뭐 이런 사람이…?)

이남 (여자의 위아래를 휙 훑어보더니 여유만만하게 실내를 둘러보곤 다시

　　　　여자의 얼굴에 시선을 꽂는데)

여자　(불쑥) 나이는 몇이죠?

이남　(불쾌하다) 나이?

여자　전 서른다섯이에요.

이남　(혼잣소리로 빈정거리듯) 여자 나이가 벌써 서른다섯이라…?

여자　(역공) 돌아가세요.

이남　아니, 이런 법이! 들어오자마자 돌아가라니? 서른일곱이
　　　　라고 해 두죠.

여자　(역시 혼잣소리로 빈정거리듯) 남자 나이가 벌써 서른일곱이
　　　　라…? 구이남 씨라고 하셨죠? 그냥 이남 씨라고 부르겠어
　　　　요. 지금까지 결혼 못 한 이유는?

이남　못 한 게 아니라 안 한 거죠.

여자　왜 안 했죠?

이남　여자가 없더군요. 여자다운 여자가 없어요. 함량 미달의
　　　　여자들뿐이더군요. 아무리 좋게 봐주려고 해도 차차 봐
　　　　갈수록 결점 투성이의 여자들뿐이더군요.

여자　혹시… 염세주의자는 아니신가요?

이남　천만에요! 만사가 재미있어요. 안 되는 게 없어요. 부러울
　　　　것도 없어요. 그러나 여자만은 여자다운 여자를 만나지
　　　　못했어요.

여자　여자들한테 너무 많은 걸 바라고 있군요?

이남　오직 여자다움만 바랄 뿐입니다.

여자　기준을 정해놓고 누구든지 그 기준에 못 미치면 배척해

버리고 멸시하려는 습성이에요. (충고하듯) 그 기준을 낮추세요!

이남 사실… 약간은 실망입니다.

여자 예?

이남 광고를 보고 굉장히 미인인 줄 알았어요. 선택자의 입장이 된다는 건 그만큼 자신이 있어서이니까 굉장히 기대를 걸고 왔었는데….

여자 돌아가시겠어요?

이남 광고를 보고 상당히 신비감을 느꼈고 또 호기심…, 그리고 묘한 이끌림….

여자 (말을 가로채어) 돌아가시겠냐구요?

이남 돌아가지는 않습니다.

여자 그럼, 두 분이 인사하세요. (일남을 가리키며) 이분은 장일남 씨예요.

일남과 이남, 잠시 마주 본다.

이남 그럼, 나와는 경쟁 상대란 말입니까? (약간 하대하는 눈길로 일남을 보다가 악수를 청하며) 반갑소.

일남 (소극적인 자세로 악수에 응하며) 반갑습니다.

이남 경쟁 상대는 또 있나요?

여자 우선 두 분만으로 테스트를 하죠.

이남 (약간 아니꼽다는) 테스트를 해요?

여자　지금 두 분은 만 미터 달리기 출발선상에 서 있어요. 만 미터를 달린 후에 누가 승자인지 결정을 내리겠어요.

이남　백 미터로 후딱 승부를 내버리지 무슨 만 미터나 달립니까?

여자　인생의 삶이란 단숨에 끝나는 것이 아니잖아요. 끈기와 인내심 그리고 지구력, 이 모든 테스트를 위해선 적어도 만 미터 정도는 달려 봐야죠.

이남　좋아요! 달려 보겠습니다! (말이 많아진다) 경쟁 상대가 있다는 건 항상 의욕을 불러일으키는 촉매제가 될 수 있어요. 경쟁하는 데서 오는 긴장감이 더욱 살맛을 느끼게 하고 나아가선 선택된다는 것, 이것이 더더욱 묘한 흥미를 돋웁니다. 그렇잖습니까, 장 선생?

일남　예? 아, 예….

여자　이남 씬, 자신감이 대단한 것 같군요?

이남　전 조건이 좋아요. 현대 여성이 요구하는 결혼 조건을 완벽하게 구비하고 있다고 할까요.

여자　그 조건을 듣고 싶군요.

이남　첫째, 이렇게 건강한 육체의 소유자. 둘째, 건강한 몸과 더불어 건강한 정신. 자신 있다는 마음가짐, 이것이 얼마나 중요합니까?

여자　또 있나요?

이남　셋째, 구매력이 좋습니다. 뭐든 사고 싶을 때 살 수 있는 돈을 가지고 있다는 것. 이 세상, 돈이면 해결되지 않는 게 없잖습니까. 이 세 가지면 현대 여성이 바라는 결혼 조건은 충분히 갖춘 셈이 아닐까요?

여자 돈은 얼마나 가지고 있죠?

이남 달마다 생활비를 충분히 공급해 주고도 상당한 금액을 저축할 수 있게끔 수익을 올려주는 공장 하나에 한 지점의 저축액을 좌지우지할 수 있을 만큼의 은행예금….

여자 굉장히 부자인 것 같군요.

이남 사실 돈이 많다는 건 여자들이 부러워할 만한 아주 좋은 조건이죠. 아, 그리고 또 하나 있어요. 요즘 여자들이 가장 꺼려하는, 시부모 모실 걱정이 없다는 것, 이것도 분명히 좋은 조건에 해당하겠지요? 전 차남이에요. 삼남 일녀 중의 둘째 아들입니다. (으스대듯 일남에게) 장 선생은 어떻게 되나요?

일남 전… 외동아들로서 홀어머니를 모시고 있습니다.

이남 재산은 얼마나 되지요?

일남 … 평범한 샐러리맨입니다.

이남 (우월감으로) 장 선생, 우리는 지금 만 미터 출발선상에 서 있어요. 결판이 날 때까지 힘차게 뛰어 봅시다. 그래서 승자는 떳떳이 승리를 만끽하고 패자는 판정에 승복하여 승자의 앞날에 무궁한 행복을 빌어마지 않는 깨끗한 한판 승부를 벌입시다.

일남 (열등감에서) 구 선생님, 만 미터나 달릴 필요가 없을 것 같습니다. 제가… 기권을 하지요… (여자에게) 돈, 있다가도 없는 것이고 없다가도 있는 것인데 구태여 돈의 노예가 되어서는 안 된다고 생각합니다. 그러나 여자들은 돈 없는 남자보다 돈 많은 남자를 선호하지요. 제가 물러가겠습니다. (현관으로 향한다)

여자 일남 씨!

일남 (돌아서서)…?

여자 돈은 필요 없어요! (일남 앞으로 바짝 다가서며) 돈은 제게도 많아요. 구 선생이 가진 것만큼은 있다구요.

이남 (의외라는 듯) 그래요?

여자 전 상대방의 돈을 보고 결혼하려는 그런 천박한 여자가 아니란 것만 분명히 말씀드리겠어요.

이남 그럼, 어떤 조건을 갖춰야 합니까?

여자 우리, 이렇게 해요. 만 미터를 달린다고 했죠? 한 달 동안 저와 여기서 같이 지내요. 배우자를 선택하는 데는 일정 기간이 필요하잖아요. 한 달 동안 서로서로 파악하는 거예요. 성격, 습관, 건강, 취미 등 이런 모든 걸 알고 나서 합격 여부를 결정하는 거예요. 쌍방이 합격을 선언해야만 해요. 한 달 뒤에 제가 이남 씨를 좋다고 선언하더라도 이남 씨께서 한 달 동안 저를 분석해 본 결과 불합격 판정을 내리면 결혼은 이뤄지지 않겠죠. 두 분이 여기서 머무는 동안의 일체 경비는 제가 부담하겠어요.

이남 (소파로 가서 느긋하게 기대앉으며) 장 선생, 거기 섰지만 말고 이리 와서 앉아요. 묘한 게임에 초대받은 동지적인 입장에서 선의의 경쟁을 약속합시다.

일남   (엉거주춤 앉는다)

이남   세화 씨, 뭐 마실 것 없나요? 목이 컬컬한데….

여자   맥주 한잔 하시겠어요?

이남   거 좋지요. 여기 장 선생도 계신데 같이 한잔 해야지요.

여자   잠깐만 기다리세요. (주방으로 들어간다)

이남은 여유 있는 태도로 새삼 실내를 둘러보는데, 일남은 다소
의기소침한 자세로 앉아있기만 한다.

2.

아무도 없다. 사이. 일남, 간편한 산보 차림으로 밖에서 들어온다.
실내를 둘러보고 주방을 기웃거리더니 정면 창문의 커튼을 젖히
고 문을 연다. 간단한 청소를 시작한다. 먼지를 떨어내고 막대 걸
레로 바닥을 쓰는 등… 이윽고 여자가 방에서 나온다.

여자   굿모닝?

일남   더 주무시지요? 혹시… 제가 깨운 게 아니었습니까?

여자   아녜요. (창밖을 내다보며 심호흡을 하곤 돌아서서) 댁에서도 집
        청소는 일남 씨가 도맡아 하시나요?

일남   (청소 도구를 치워놓고) 버릇입니다. 홀어머니 밑에서 살아온
        어릴 때부터의 습성이지요. 어머니께서 살림을 꾸리느라
        고 무척 바쁘셨기 때문에 자연히 제가 하지 않을 수 없었
        던 거죠. 자잘한 일이라도 수고를 덜어드려야 할 형편이
        었으니까요.

여자   일남 씨 어머니께서 저를 보신다면 어떤 결점을 찾아내실
        까요?

일남   글쎄요… 아니, 찾아내지 못할 겁니다.

여자   왜요? 매우 까다로우신 분이라고 하셨잖아요.

일남   그만큼 세화 씬 완벽해 보이니까요.

여자 과찬은 금물. 실망을 빨리한다는 예고예요.

일남 아닙니다! 세화 씬 저의 어머니 눈에 꼭 드실 겁니다. 제 말이 틀림없습니다!

여자 그렇다면 일남 씨께선 절 이미 합격 판정을 내려놓고 있는 거군요?

일남 예, 그렇습니다.

여자 그럼 어떡하나…? 제가 불합격 판정을 내린다면 실망이 대단할 것 같은데…?

일남 실망하지 않습니다.

여자 왜죠?

일남 그만큼 기대를 걸고 있지 않기 때문입니다.

여자 (정감 있는 어조로) 이제 시작 단계인데 자신을 가지세요.

일남 … 상대방이 너무 벅찹니다.

여자 그건 일남 씨만의 생각이겠죠. 제가 볼 땐 그렇지 않아요. 장단점이 서로 다를 뿐이지 별반 차이가 없는 것 같아요. (일남 곁으로 다가가 속삭이듯) 이남 씨를 봐요. 자신감에 차 있고 패기가 넘친다는 것 말고는 다소 덤벙대고 자기 위주의 틀 속에 갇혀있는 사람이에요. 그런가 하면 사실 일남 씨가 저의 집에 오신 이후로 제 생활은 꽤 편해졌어요. 그러나 이남 씨는 제겐 상당한 부담이에요. 여잔 남자를 위해서 시중을 들어야 하고 언제든지 남자를 편안하게 해줘야 하는 도구라고 생각하고 있어요. 그런데 이상하죠. 사람 마음이란 묘한 것인가 봐요. 그러한 이남 씨가 또 싫지는 않거든요. 홋호호….

이남, 자기 방에서 나온다. 이제 막 일어난 듯하다.

여자   이남 씨는 좀 일찍 일어날 수 없을까요?

이남   예?

여자   일남 씨처럼 일찍 일어나서 아침 운동도 하고 그러세요. 늦잠 자면 몸에 좋을 거 하나 없어요.

이남   잠자는 것도 제약을 받습니까?

여자   물론 자유예요. 그러나 충고로 받아들이세요.

이남   난 아침잠을 푹 자둬야 하루 종일 힘이 솟아요.

여자   일찍 자고 일찍 일어나는 습성을 들이세요.

이남   남자들의 세계란 꼭 그렇게 일률적이지는 않지요. 그리고 사람마다 라이프 스타일이 다 다르잖아요. 열린 사고를 가진 세화 씨가 그런 말씀을 하니까 어쩌 좀 서운합니다.

여자   그 라이프 스타일이란 것도 더 나은 방향으로 개선하려는 의지가 필요하지요. 일남 씨를 보세요.

이남   장 선생 같은 경우는 다르죠. 틀에 박힌 생활을 하는 사람은 얼마든지 규칙적인 생활을 할 수 있어요. 그렇게 못 하는 것이 오히려 이상하죠. 그러나 나는….

여자   (말을 가로채어) 노력하기 나름이에요! 노력만 하면 얼마든지 개선할 수 있어요!

이남   나는 내 방식대로 할 뿐입니다. 이건 그 누구도 간섭할 수 없어요.

여자 간섭이 아니라 충고라니까요!

이남 충고가 아니라 사생활 침범입니다!

여자 (이남 곁으로 붙어서며) 이남 씨, 절 아내라고 생각하세요. 만약에 말예요, 절 아내라고 생각해 보세요.

이남 핫하하, 또 무슨 말을 하려고 이러는 거죠?

여자 싫으세요? 아내의 충고를 무시하시겠어요? 가장 아껴야 할 아내의 충고를 묵살하시겠다는 의향이세요?

이남 나는 아내의 충고를 무시할 만큼 닫힌 사람은 아니에요. 그러나 남편이 어떤 환경 속에서 어떤 생활을 해야 하는지 그걸 이해하는 아내를 바라고 싶어요. 분명히 말해 두지만 난 사업을 하는 사람이기 때문에 밤늦게까지 처리해야 할 일과 상대해야 할 사람들이 많아요. 그러니 아침에는 자연히 늦게까지 잘 수밖에 없지요.

여자 그러나 가정에는 기준이란 것이 있어요.

이남 그 기준을 누가 만들지요?

여자 여자예요.

이남 남자지요.

여자 여자예요!

이남 남자라니까요!

여자 (구원을 청하듯) 일남 씨, 정말 남자예요?

이남 장 선생, 남자의 입장에서 올바르게 판단을 해봐요. 인류 역사를 온통 꿰뚫어 봐도 여자인 적은 한 번도 없었잖습

19

니까. 아무리 시대가 빠르게 바뀌어 가고 있다지만 이건 변함없는 철칙이에요.

일남 (선뜻 대답을 못 하고)….

여자 일남 씨, 어서 말해봐요.

일남 전… 전… 어머니 말씀만 따랐을 뿐입니다.

여자 보세요. 일남 씬 여자라잖아요.

이남 (빈정대듯) 흥! 모든 남자들은 해만 지면 꼭꼭 마누라의 치맛자락 속으로 안겨들어야겠군. 그래서 마누라가 끓여 내온 된장찌개에 입맛이나 돋우고 애들의 재롱에 웃음이나 흘리면서 얼굴의 주름살을 늘여가야겠군.

여자 그것이 인류와 가정의 평화를 찾는 길이죠.

이남 장 선생, 난 가끔 이런 경우를 상상해 봅니다. 자정이 가까워 오는 때에 귀가하지 않은 남편을 기다리느라고 안달이 난 아내, 시계를 자꾸 들여다보며 화가 머리끝까지 올랐다가도 혹시 사고가 난 게 아닐까, 가슴이 두근거려 현관에 자꾸 눈길이 가다가도 아니지, 가슴을 쓸어내리고 전화를 할까 말까 망설이는 아내, 드디어 곤드레만드레가되어 들어온 남편에게 안도의 한숨이 섞인 공격의 화살을 쏘아보기도 하는, 이러한 가정을 꿈꾸어 봅니다. 이런 가정이 오히려 부부애가 두텁고 사람 사는 맛을 알고 사는 가정이 아닐까요?

여자 이남 씬 보기보다 경색된 사고의 소유자시군요?

이남 (여자는 개의치 않고) 장 선생은 장차 어떤 가정을 꿈꾸십니까?

여자	일남 씨, 말씀해 보세요. 혹시 이남 씨의 가정관을 찬성하는 쪽은 아니시겠죠?
일남	전… 세화 씨의 의견을 따르겠습니다.
이남	장 선생은 남자가 아니군요!
일남	여자를 사랑하기 때문입니다.
이남	여자를 사랑하는 게 아니라 세화 씨에게 아부하고 있어요. 어떻게 해서든 세화 씨의 환심을 사서 마음을 사로잡아 보려는 속셈이겠지. 세화 씨 어떻습니까, 제 판단이?
여자	일남 씬 여자를 사랑할 수밖에 없는 환경에서 살아오셨어요.
이남	(개탄하듯) 그래서 여자에겐 무조건 맹종이군. (빈정거리는 투로) 세화 씬 행복하시겠습니다. 이렇게 맹종밖에 모르는 장 선생을 남편 후보로 만나게 됐으니….
여자	호호호, 그런가요?
이남	(떠보듯) 난 이만 물러가도 되겠죠? 더 이상 들러리 설 필요 없이….
여자	이남 씨, 고마워요.
이남	예? 고맙다뇨?
여자	이남 씨도 일남 씨 못잖게 저를 사랑할 수 있다는 증거를 보여줬으니까요.
이남	난 세화 씨를 행복하게 해 드릴 자신이 있어요. 오늘 아침 세화 씨와 이렇게 대화를 나누다 보니 아, 이 여자구나, 하는 생각이 나를 사로잡고 있어요.
여자	일남 씨는 어때요? 저를 행복하게 해줄 자신이 있으세요?

일남   … 세화 씨에게 순종하겠습니다.

여자   그렇다면 지금 제가 드리는 말씀을 잘 들으세요.

일남   그 말씀에도 순종할 것을 맹세합니다.

여자   이남 씬?

이남   어서 말씀해 보세요.

여자   (잠시 뜸을 들였다가) 자기를 개선하여 새롭게 변해가는 모습을 보여주세요. 한마디로 말해서 자기를 바꾸세요.

이남   나를 바꾸라구요?

일남   세화 씨, 가르쳐 주십시오. 저를 어떻게 바꿔야 합니까? 맹세코 순종하겠습니다.

3.

밤이다. 여자 혼자 소파에 앉아있다. 책을 뒤적이며 가끔 이남의
방 쪽을 쳐다보곤 하다가 이윽고 책을 덮고 일어선다. 이남의 방
앞으로 간다. 노크. 잠시 사이. 이남, 문을 열고 내다본다.

여자 이남 씨, 잠깐 나오세요.

이남 (나오며) …?

여자 (소파에 앉으며) 앉으세요.

이남 (앉는다)

여자 주무시는 시간을 바꾸셨나요?

이남 일찍 자고 일찍 일어나니까 몸에 한결 리듬감이 생기고
활력이 더욱 솟는 것 같습니다.

여자 그래서 요즘은 일찍 들어오시는군요? 혹 일에 지장은 없
으시나요?

이남 나름대로 처리를 잘하고 있습니다.

여자 역시 매사는 마음먹기에 달렸겠지요?

이남 앞으로 세화 씨에게 순종할 생각입니다. 세화 씨에게 순
종함으로써 새로운 나를 발굴하여 확립해 나가겠습니다.

여자 (빙긋 웃으며 자리에서 일어나) 저에 대한 인식이 달라져 가고
있군요?

이남   예! 새롭게 새롭게 달라져 가고 있습니다. 세화 씨의 매력을 알았으니까요. 처음에는 세화 씨를 대수롭잖게 여겼지만 시간이 지날수록 상대방을 매료하는 미를 간직하고 있음을 알았습니다.

여자   호호호. 듣기에 싫진 않지만 혹시 저를 잘못 보고 계시는 게 아닐까 염려되는군요. 제 단점을 찾아내 보세요. 그래서 충고하고…, 그것이 사람을 옳게 파악하는 방법이 아닐까요?

이남   세화 씨는 단점을 내보일 여자가 아닙니다.

여자   나를 위장하고 있다는 말씀이군요.

이남   아니, 그만큼 완벽하다고 해야겠지요.

여자   호호호, 그래요?

이남   (일어나 여자 곁으로 다가가며) 세화 씨, 전 지금 제 자신을 시험하고 있습니다. 제가 어느 정도 변화의 가능성을 지니고 있나 시험하고 있습니다. 그러나 어디까지나 세화 씨가 완벽한 여자라는 확신이 섰기 때문에 저를 변화시켜 가고 있다는 것을 알아주십시오. 세화 씨에 대한 그런 인식의 변화가 없다면 한 달을 기다리지 않습니다.

여자   이남 씨, 우리 술 한잔 할까요?

이남   예? (피식 웃음을 흘리며) 술 생각이 별로….

여자   이남 씬 술을 좋아하시잖아요?

이남   술을 안 하니까 속이 개운하고 머리가 한결 맑아 좋군요. 앞으로는 되도록 술을 삼가야겠습니다.

여자   제가 마시고 싶다는데…, 그래도 싫으세요?

이남   좋습니다.

여자, 주방으로 들어가고 이남은 소파에 가서 앉는다. 잠시 사이.
여자, 술과 간단한 안주를 가지고 나와선 탁자에 놓고 이남 곁에
앉는다. 서로의 잔에 술을 따른다.

여자   드시죠. (쭉 마신다)

이남   예. (반쯤 마시고는 먼저 술잔을 내려놓는다)

여자   시원하게 한 잔 드세요.

이남   천천히 마시겠습니다.

여자   이렇게 둘이서 오붓하게 마시니까 술맛이 꿀맛 같은데요.

이남, 여자의 잔에 술을 따른다. 이때 벨 소리 다급하게 몇 번. 그
러다가 길게 한 번.

이남   (현관으로 가며) 장 선생이오?

일남   (소리 크게) 구 선생, 나 장이요, 장!

이남이 문을 열어주자 들어서는 일남, 약간 비틀거린다. 취했다.

일남   오, 구 선생! 오늘도 일찍 들어오셨구먼! 구 선생, 나 술 한
       잔 했수다.

여자	늦으셨군요….
일남	세화 씨, 좀 늦었어요. 술 한잔 하느라고 늦었어요. 양해해 주십시오. (소파로 가서 털썩 앉으며) 아, 두 분이 한잔 하고 계셨군요. 이거 질투가 나는데요. 구 선생, 여기 앉아요. 나도 같이 한잔 합시다. (아무 잔이나 들고 훌쩍)
여자	일남 씨, 취하셨어요.
일남	제가요? 천만에! 이래도 정신은 말짱합니다! 구 선생, 아, 거기 섰지만 말고 여기 앉으라니까요. 같이 한잔 해요. (또 다른 잔의 술을 훌쩍) 세화 씨, 여기 술이 없군요.
이남	장 선생, 술이 과한 것 같은데 그만 해요.
일남	(벌떡 일어서며) 구 선생! 이거 왜 이러십니까? 나 없을 때 둘이서 잘하시다가 이제 꽁무니를 빼시겠다 이겁니까? 그러지 마십시오! 세화 씨, 뭐 하고 있어요? 빨리 술 가져오라니까!
여자	(주방으로 간다)
일남	구 선생, 이것도 인연 아닙니까? 암, 인연이고말고요. 인연치곤 아주 묘한 인연이에요. 세화 씨를 두고 누가 이기느냐 결투를 하고 있는 구 선생과 나….
여자	(술과 잔을 가지고 나와 의자에 앉아 술을 따른다)
일남	결투? 핫하하, 말이 좀 이상합니다만 엄연히 결투지요. 눈에 안 보이는 결투. 구 선생은 팔에 상처가 났는지도 몰라요. 아마 나는 허리쯤에서 피를 흘리고 있을 거예요. 그러나 이 상처는 한 달이 다 가는 날 영광의 상처가 될 거예

요. 구 선생, 이 상처들을 위해 우리 같이 마십시다.

이남　어느 한쪽은 반드시 아픔의 상처가 되지요.

일남　그러나 그 아픔은 크나큰 힘을 줍니다. 세화 씨보다 더 좋은 여자를 맞이할 수 있는 힘, 그 힘을 가지게 해줍니다. 그러기 때문에 내가 설령 구 선생한테 패배하더라도 결코 슬퍼하거나 좌절하지 않아요.

여자　일남 씨, 술 드세요.

일남　예, 예. 감사합니다. (자리에 앉아) 구 선생, 이리 와요. 선의의 경쟁자끼리.

세 사람, 술을 마신다. 이남은 한 모금, 여자는 반 잔 정도, 일남은 한 잔이다.

여자　(일남을 흥미롭게 살펴보다가) 일남 씬, 술을 잘 못 한다더니 평소 술을 많이 하셨던가 보군요?

일남　글쎄, 나도 이상할 정도예요. 술을 마셔야겠다는 필요성을 느끼니까 술을 받기 시작하는군요. (술을 자작으로 마시고) 이것 봐요. 마시면 마실수록 술맛이 꿀맛이에요. 구 선생은 어때요?

여자　이남 씬 술을 멀리하겠대요.

일남　그래요?

이남　술의 필요성을 숙고하고 있는 중입니다.

일남　(호기롭게) 역시 우리 두 사람은 과감한 개혁자들이군요. 그렇잖습니까, 세화 씨?

여자   과감한 개혁자? 홋호, 그런가요?

일남   (일어나서 이리저리 왔다 갔다 하며) 이상해요. 세화 씨가 아름다
워 보이지가 않아요. 그냥 흔히 볼 수 있는 예사 여자로만
여겨져요. 이러다가 한 달은커녕 보름도 되기 전에 세화 씨
가 보기 싫어 이 집을 뛰쳐나가지 않을까 모르겠어요.

이남   그건 세화 씨에 대한 모독입니다. 세화 씨처럼 아름다운
여인을 앞에 두고 그런 말은 삼가시오.

일남   물론 아름다웠어요. 이 세상에서 더없이 아름답고 뭐랄
까…, 신비로움을 자아내는 여인으로 보였어요. 그랬는데
지금은 그렇지를 않아요. 세화 씨, 제 눈이 변한 걸까요?

이남   장 선생은 세화 씨를 잘못 보고 있어요.

일남   구 선생도 변하셨군. 구 선생은 분명히 세화 씨를 높이 평
가하지 않았어요.

이남   물론 그랬죠. 그러나 지금은….

일남   술을 가까이하다 보니 세화 씨보다 아름다운 여인이 수두
룩하게 나타나더군요.

여자   그래서 결말을 보기 전에 이 집에서 나가시겠어요?

일남   이미 구 선생으로 결정하셨습니까?

여자   아직 멀었잖아요.

일남   구 선생과의 승부에서 결말을 보고 싶어요. 물론 승리하
는 결말을 전제로 하고. 그리곤 세화 씨의 아름다움을 다
시 발견해 나가겠어요.

이남　(일어서서 맞서며) 그런 논법이 어디 있습니까? 장 선생은 자가당착에 빠졌군요!

일남　자가당착? 핫하하….

이남　세화 씨, 장 선생의 술수에 휘말려 들지 마십시오. 앞뒤가 맞지 않는 교묘한 말로 세화 씨를 혼란 속에 빠뜨리려는 의도가 분명합니다.

일남　구 선생, 말씀이 좀 지나친 것 같습니다. 본질에서 벗어나 상대방에 대한 비방의 의도가 분명한 것으로 판단됩니다.

이남　장 선생은 강하면서도 약한 세화 씨의 약점을 노리고 있군요.

일남　내가 사람의 약점이나 노리는 불량배로 보입니까?

여자　(벌떡 일어서며) 두 분은 지금 싸우고 있군요!

일남　이게 싸움입니까?

이남　싸움인지도 모르죠. 좀 전에 우리 두 사람이 눈에 보이지 않는 결투를 하고 있다고 말한 사람은 장 선생이 아니었던가요?

일남　(약간 능청) 내가 그랬습니까? … 눈에 보이지 않는 결투? … 그러니까 선의의 경쟁인 셈이죠. (앉아서 술을 따르며) 한 잔 합시다.

이남　(단호히) 저는 그만하겠습니다.

일남　구 선생은 많이 변하고 있군요. 그렇게 잘하신다던 술을 마다하니….

이남　장 선생도 마찬가지죠. 이 집에 오던 날만 해도 술을 잘 못

한다고 하시더니….

일남 세화 씨, 제가 술을 마시기 시작했다는 말을 듣고 오늘 친구들이 몇몇 모여들었어요. 모두들 제 주량을 보고 깜짝 놀라더군요. 내가 생각해도 이상해요. 그 많은 술잔을 상대하고도 끄떡없었으니… 그러고도 이렇게 말짱한 정신으로 또 술을 마시고 있잖습니까. (하며 또 술을 마신다)

여자 그러다가 내일 아침에 일어나기 힘드시겠어요.

일남 괜찮아요. 내일 아침에 거뜬하게 일어날 테니까 두고 보십시오.

여자 (자리에 앉으며 비꼼이 섞인 말투처럼) 자신이 많이 생겼군요.

일남 예. 술뿐만 아니라 매사에 자신감이 붙기 시작했어요. 모두 세화 씨의 덕분이죠.

여자 그래요?

일남 돈 벌 자신도 있어요! 세화 씨나 구 선생이 얼마나 가지고 있는지 모르겠지만 나도 한밑천 쥐어 잡을 날이 멀지 않았어요!

이남 장 선생, 돈이 마음대로 그렇게 쉬 모아지는 줄 아십니까?

일남 물론 뜻대로 안 되지요. 그러나 머리를 써야지요, 머리를. 21세기는 두뇌 전쟁의 시대 아닙니까. (일어서서 호기롭게) 오늘 그 친구들 중에 사장 하나가 있었어요. 오가는 말 중에 좋은 아이디어 하나를 얘기했더니 대번에 내 머리를 사겠대요. 자기 회사에 같이 있자는 거예요. 내일부터라도 출근하라면서. 그 친구, 학교 다닐 때부터 내 두뇌는 인정하고 있었어요.

여자 그래서 그렇게 하실 의향인가요?

일남 예! 나에게도 이제 때가 온 모양이에요. 나도 어느 정도 기반이 잡히면 사업체를 하나 가지겠어요. 돈, 돈을 벌어야죠! 돈이 최고예요! 돈이란 많으면 많을수록 좋은 거니까요!

이남 돈이란 알고 보면 더러운 거예요. 돈 때문에 인간은 결국 부모를 잃고 형제를 잃고 친구를 잃고⋯ 이성을 잃고 맙니다.

일남 구 선생은 금전 만능주의자가 아니었나요?

이남 장 선생이 변했듯이 저도 변했습니다.

일남 (덥석 이남의 손을 잡으며) 축하합니다! 구 선생의 참다운 변화를 진심으로 축하합니다!

이남 축하합니다!

일남 (술잔을 들고) 세화 씨, 우리 두 사람의 변화를 축하하는 뜻에서⋯.

여자 (일어서며 돌연 쌀쌀맞게) 흥! 그게 그렇게 축하할 일인가요?

일남 예?

이남 ⋯?

여자 (창가로 가서 밖을 내다볼 뿐)

이남 (女子 곁으로 다가서며) 세화 씨, 왜 그러십니까? 우리가 혹 실수라도⋯?

일남 세화 씨!

여자   (돌아서며) 전 뭐가 뭔지 모르겠어요. 두 분 말씀을 듣고 있으니까 갑자기 제 머리가 혼란스러워서…. (휭하니 자기 방으로 들어가 버린다)

두 사람, 마주 보며 의아해하는 표정이 짙어지는데….

4.

비어있는 무대. 사이. 이남, 자기 방에서 나온다. 잠시 머뭇거리다가 정면의 창문을 연다. 그러고는 생각난 듯 조심스럽게 여자의 방 앞으로 가서 안의 동정이라도 엿듣는 듯하다가 이번에는 일남의 방 앞으로 간다. 두어 번 노크. 반응이 없다. 또 노크, 길고 세게. 역시 반응이 없다. 더 길고 세게 노크. 이윽고 나오는 일남, 아직도 잠에서 덜 깬 모습이다.

일남 (하품을 하곤 짜증) 잠 좀 자려는데 왜 이 야단이오?

이남 장 선생.

일남 잠 좀 잡시다!

이남 장 선생, 지금 한가롭게 잠 타령할 때가 아니잖습니까.

일남 (퉁명스럽게) 아니, 무슨 큰일이라도 일어났어요? 아침부터 이 난리게…. (하며 소파에 앉더니 길게 기지개를 켠다)

이남 생각해 보셨습니까?

일남 뭘 말이오?

이남 (일남 곁에 앉으며) 어젯밤 세화 씨의 태도 말입니다.

일남 어젯밤…? 아, 이것 보시오, 구 선생! 고작 그걸 가지고 자는 사람을 깨웠소?

이남 걱정이 되지 않습니까?

일남	여자의 히스테리쯤으로 여기시오.
이남	글쎄, 그렇게 간단하게 보아 넘길 문제가 아닌 것 같습니다.
일남	신경과민이군. 나는 잠이나 좀 더 자야겠소. (하며 일어난다)
이남	(일남의 팔을 잡으며) 세화 씨의 태도가 아무래도 심각해요.
일남	(예사롭게) 걱정할 것 없어요. 화근이라면 내가 갑자기 술을 많이 마신 것뿐이니까 구 선생은 신경 쓸 것 없어요.
이남	그렇다면 오죽 좋겠습니까만… 장 선생은 어젯밤에 이상한 느낌을 전혀 못 받았단 말입니까?
일남	글쎄요, 이상하단 느낌은 전혀….
이남	분명히 혼란스러워진다고 했어요.
일남	혼란?… 그렇지. 그런 말은 한 것 같아요.
이남	그 말이 아무래도….
일남	그렇다면 세화 씨한테 직접 물어봐야죠.
이남	주무시는데….
일남	깨워야죠! (하며 여자 방 앞으로 간다)
이남	(일남을 얼른 붙잡으며) 깨우지 마십시오. 그랬다가 오히려 사태가 악화되면 손해 보는 건 우리예요.
일남	구 선생이 그렇게 나오니까 나도 궁금해지잖아요.
이남	궁금해도 참아야죠.
일남	(나무라듯) 그렇게 참을 걸 날 깨우긴 왜 깨웠어요?
이남	우리는… 동병상련의 동지니까요.
일남	동병상련의 동지?

일남, 이남의 만류로 주춤하는 사이에 여자가 방에서 나온다.

이남   (얼른) 세화 씨, 잘 주무셨습니까?

여자   (두 사람을 거들떠보지도 않고 소파에 가서 앉는다)

일남   (뭔가 심상찮은 것을 찾기라도 하려는 듯 여자의 안색을 살피다가 넌지시) 어디, 편찮은 데라도 있습니까?

여자   (굳게 입을 다물고 눈을 아래로 내리깐 채) ….

일남과 이남, 서로 마주 보며 의아한 표정을 감추지 못한다.
잠시 사이.

여자   (대뜸 냉랭하게) 두 분…, 오늘 여기를 나가 주세요.

이남   (뜻밖) 예?

일남   (귀를 의심) … 예?

여자   제 말 알아들으셨죠?

이남   … 그게 도대체 무슨 말씀입니까?

일남   우리를… 나가 달라구요?

여자   우리의 관계는 아예 없었던 것으로 하는 거죠.

일남   아직 한 달이 지나지 않았잖습니까.

이남   이건 일방적인 약속 위반입니다!

일남   맞아요! 약속 위반. 아니, 약속 파기 행위! 이유를 밝혀 주십시오.

여자   (잠깐 생각을 가다듬어) 일남 씨와 이남 씬 모두 자기 자신을 잃었기 때문이에요.

일남　나를 잃었어요?

이남　(동시에) 나를 잃었다니요?

여자　자기 자신들을 너무 변화시킨 나머지 본래의 자기를 깡그리 잃어버리고 말았어요. 그것이 제겐 너무 큰 실망으로 엄습해 왔어요.

일남　잃은 것이 아니라 자기를 찾아가는 길이었어요.

이남　그래요! 결코 잃지는 않았습니다. 세화 씨가 그렇게 보셨다면 그건 더욱 나은 자기를 계발해 가는 과정에서 나타난 부작용일 뿐입니다.

여자　(코웃음을 치며) 부작용?

일남　세화 씨, 약속한 한 달을 채운 마지막 날의 결과를 보고 판단을 내리는 것이 현명하지 않을까요?

여자　그러나 두 분은 너무 많이 변화하고 말았어요. 돌아올 수 없는 지경으로 달아나고 말았어요.

일남　설령 그렇다 해도 그것이 바로 세화 씨 때문이라는 걸 아셔야죠.

이남　우린 세화 씨에게 충실해지고 싶었습니다.

여자　그 책임을 저에게 전가하실 참인가요?

일남　천만에요! 원인에 대한 결과를 책임지시라 그 말입니다.

이남　아직 한 달이 지나지 않았으니까 결과를 기다립시다.

여자　(일어서며) 결과는 보나마나예요. 이 집에서 더 이상 머물러야 할 자격을 상실한 사람들로서 우선 이 집 밖으로 나가야 합니다. 나가서 잃어버린 자기들을 찾도록 하세요.

일남 (떼를 쓰듯) 이 집 밖으로 나가도 우린 역시 우리일 수밖에 없어요!

이남 (역시 억지를 부리듯) 어딜 가든 이분은 장일남 씨, 저는 구이남일 뿐입니다!

여자 그건 껍데기, 알맹이는 사라졌어요.

일남 세화 씨, 혹시 세화 씨가 너무 변한 게 아닐까요? 눈에 띄지는 않지만 내면의 그 무엇에 큰 변화를 가져왔고, 그래서 우리를 잘못 보고 있는 게 아닐까요?

여자 그러니까 어서 집 밖으로 나가서 새로운 눈으로 자기를 돌아보란 말예요.

이남 그때도 역시 우리를 잃지 않았다는 확신이 선다면 다시 들어와도 좋습니까?

여자 새로운 눈으로 올바른 판단을 내릴 수 있을 거라고 확신해요.

이남 세화 씨, 세화 씬 우리 둘 중에서 한 사람을 선택하기로 분명히 밝혔고 우린 거기에 기대를 걸고 더욱 나은 우리로 변모시키기 위해 노력했을 뿐입니다. 그 노력에 잘못이 있다면 지금이라도 고치겠어요. 나가라는 말씀은 취소하십시오.

일남 지금이라도 확실한 판정을 내리세요. 우리 둘 중에 누가 남습니까? 우린 그걸 듣고 싶을 뿐입니다.

여자 (짜증스럽게) 두 분 다 나가주시라고 했잖아요!

이남 이런 애매한 결과를 보기 위해 이 집에 들어온 건 아니었잖습니까.

여자 그러나 이제 두 분은 여기 남아있을 자격이 없다고 했잖아요!

일남 (강경한 어투로) 나가지 않겠습니다!

이남 (역시 강경하게) 이건 엄연한 사기행위입니다!

여자 뭐라구요?

이남 그렇잖습니까!

일남 예, 맞아요. 이건 사기에 인격 모욕입니다!

여자 (두 사람을 번갈아 쏘아보다가) 그럼, 좋아요! 두 분이 나가지 않겠다면 제가 나가겠어요!

이남 예?

일남 (동시에) 아니?

여자 두 분의 눈을 똑바로 뜨게 하기 위해선 제가 결단을 내리겠어요!

이남 우리를 두고 세화 씨가 나가다니, 그게 무슨 뚱딴지같은 소립니까?

일남 세화 씨, 나가지 마십시오! 우리와 함께 있어야 합니다!

여자 함께 있어야 할 이유가 없잖아요! (부리나케 방으로 들어가더니 미리 준비라도 해놓은 듯 가방을 끌고 나와 결연히 밖으로 나간다)

일남 세화 씨!

이남 (동시에) 세화 씨!

끝내 여자가 나가고 난 뒤의 황당한 침묵, 한동안….

5.

일남과 이남, 허탈 상태에 빠져 소파에 앉아있다. 한참 사이. 일남, 일어나서 창가로 다가가 밖을 내다본다. 이남 역시, 일어서서 이리저리 서성인다.

일남   (이윽고) 구 선생, 우린 이제 어떻게 해야 하지요…?

이남   (대답이 없다)

일남   벌써 이틀이 지났습니다.

이남   아마… 돌아오지 않을지도 모르겠군요.

일남   그때 당장 뒤쫓아가서 붙잡는 건데….

이남   붙들어도 소용없었을 거요… 모르죠, 우리의 잘못을 사과하고 빌었으면 좋게 해결되었을지도…? 여자들이란 남자가 빌면 백이면 백 모두가 무너지기 마련이니까요. 아니, 세화 씨는 우리의 말을 듣지 않았을 겁니다.

일남   구 선생은 우리가 변했다는 세화 씨의 말을 액면 그대로 믿습니까?

이남   분명히 그랬어요. 우리 자신들을 너무 변화시킨 나머지 본래의 우리를 잃어버렸다고….

일남   (골똘히 뭔가를 생각하는 듯, 그러다가 자조 섞인 투로) 나를 잃어버렸다…? 결국은… 그렇게…? (하며 자리에 앉는다)

두 사람 사이에 무겁고 암울한 침묵이 흐른다.

사이.

이남 (차츰 초조함으로) 장 선생, 세화 씬 정말 돌아오지 않겠지요?

일남 아마… 그럴지도 모르겠군요.

이남 그렇다면 우린 어떻게 해야 하지요?

일남 기다리는 수밖에….

이남 돌아오지 않는다면 기다릴 필요가 없지 않습니까?

일남 그렇잖으면 여길 나가든지….

이남 (펄쩍 뛸 듯이) 그럴 순 없어요! 우린 어떻게 하든지 세화 씨를 만나야 합니다!

일남 (자문하듯) 뭣 때문에 만나야 하죠? 꼭 세화 씨를 만나야 할 이유가 뭡니까?

이남 그걸 장 선생이 몰라서 묻는 건가요?

일남 그래요, 결혼! 그러나 세화 씨와 결혼하고 싶다는 마음만 없다면 만나야 할 필요가 없잖을까요?

이남 (힐문하듯) 그렇다면 우린 우리를 잃어버린 채 그냥 이 집을 나가야 한단 말입니까?

일남 (퍼뜩 뭔가 생각난 듯 벌떡 일어서며) 가만!

이남 …?

일남 의도적인 소행…? 우린 그 의도에 휘말려 들어 사기를 당하고… 구 선생, 그 여자가 우리를 빼앗아서는 도망을 간 게 아닐까요?

이남　세화 씨가 우리를…?

일남　우리 둘 중에서 결혼 상대자를 선택하려고 한 게 아니라 우리를 빼앗아 가려고 한 게 아닌가 그 말입니다. 애초부터 그런 계획으로 우리를 이 집에 들여놓은 게 아닐까요?

이남　세화 씬 그런 여자가 아니었어요. 그 깨끗한 인상, 고결한 성품이 절대로 그런 의뭉한 구석을 지닌 여자로는 보이지 않았어요.

일남　누가 알아요? 그 상냥한 미소 속에 굉장한 음모가 도사리고 있었는지 그걸 알게 뭡니까? 그러니 그 여자를 만나서 우릴 찾아야 해요!

이남　예. 찾긴 찾아야지요!

일남　(잠시 생각하다가) 우리, 이러고 있을 게 아니라 나갑시다.

이남　나간다면… 어디로 갑니까? 어디로 간 줄 알고 찾아 나선단 말입니까?

일남　그냥 나서 봅시다. 그것이 여기서 무조건 기다리는 것보다는 나은 방법입니다.

이남　이렇게 가정해볼 수도 있지 않을까요? 막상 우리를 두고 나갔지만 우리 둘 중에 어느 한 사람을 선택하기 위해 숙고하는 시간을 갖느라고 혼자 여행을 하고 있는지도…?

일남　(어이없어) 헛허, 뭐라구요?

이남　제 말 좀 들어봐요. 만약에 세화 씨가 여행을 마치고 돌아왔을 때 우리가 없으면 오히려 실망할지도 몰라요. 인내심 없는 사람들이라는 인식을 주게 될지도 모릅니다. 기다리는 인내심을 보여줍시다.

일남　그런 얼토당토않은 생각은 하지도 마시오.

두 사람. 잠시 대화를 끊고 각자의 생각에 잠긴다. 사이.

이남　장 선생, 나가서 찾도록 합시다.

일남　나가봐야 되겠죠?

이남　이렇게 하기로 해요. 장 선생은 서쪽 방향을 뒤져보십시오. 저는 동쪽 방향으로 훑어 나갈 테니까.

일남　행동을 달리 한단 말입니까? 함께 가지 않고….

이남　그게 찾는 면적을 넓히는 게 아닐까요?

일남　좋습니다.

두 사람. 서로 결의의 시선을 교환하다가 함께 밖으로 향한다.

6.

아무도 보이지 않는다. 조금 있다 이남, 밖에서 들어온다. 몹시 피로해 보인다.

이남   (혼자 투덜투덜) 어디 있는 줄 알고 찾는담…? 제길 널따란 운동장에서 개미 새끼 한 마리 찾는 격이지…. (하며 소파에 털썩 주저앉는다)

여자, 주방에서 나온다.

여자   (이남을 보자 흠칫 놀란다, 경계심을 품고) 누구… 시죠?

이남   (반가움에 벌떡 일어서며) 세화 씨!

여자   (냉랭하게) 댁은 누구시죠?

이남   세화 씨, 잘 들어오셨습니다! 우린 세화 씨를 찾아 헤매느라고 혼이 났습니다.

여자   (화난 소리로) 여보세요! 댁이 누구시냐니까 엉뚱한 소리만 하고 있어요? 도대체 누구신데 남의 집에 함부로 들어왔어요?

이남   (아니, 이게 웬일?) 예?

여자   빨리 나가세요!

이남   (어이가 없어서) 세화 씨, 절… 모르시겠습니까?

여자   오, 그러고 보니 집을 잘못 찾아온 모양이군요. 전 세화가
          아니에요.

이남   예? (여자를 뚫어지게 보다가 고개를 갸웃하며) 그럴 리가…? (새
          삼 실내를 둘러보곤) 여기가 102동 305호가 틀림없죠?

여자   예, 맞아요.

이남   그럼, 틀림없습니다. 세화 씨, 시침 떼지 마십시오.

여자   전 세화가 아니라니까요!

이남   이거 혹시… 장난을 하시는 것 아닙니까? 절… 놀리려
          고…

여자   이것 보세요! 댁이 누군지도 모르면서 제가 장난을 해요?
          제가 그런 실없는 여자로 보여요?

이남   절 똑똑히 보십시오. 정말 절 모르시겠습니까? 제가 구이
          남이에요, 구이남!

여자   구이남이든 이남구든, 전 그런 이름 들어본 적도 없어요!

이남   제 얼굴…, 이 얼굴도 보신 적이 없으십니까?

여자   글쎄, 왜 이리 치근거리는 거예요? 여자 혼자 사는 집에
          무례하게 들어와서 이게 무슨 짓이에요? 빨리 안 나가
          면….

이남   (급히 말을 가로채어) 거 보십시오. 혼자 사신다고 하셨죠? 그
          래요, 세화 씨도 혼자 살았어요. 그래서 남편감을 구하기
          위해 광고까지 냈어요. 세화 씨, 그것마저도 기억 안 나십
          니까?

여자 (어처구니가 없어) 뭐라구요? 남편감을 구하는 광고?

이남 예!

여자 여보세요! 혹시 정신이 이상한 거 아니에요?

이남 제가 돌았단 말입니까?

여자 그렇잖고서야 생면부지의 여자 앞에서 횡설수설할 리가 없잖아요. 그리고 전 어디까지나 독신주의자예요, 독신주의자!

이남 독신주의자? (혼잣소리로) 그 새 결혼관이 바뀌었나…?

여자 전 평생 결혼 않기로 작정하고 있어요. 당신들 같은 구질구질한 남자들의 종이 되기 싫어하는 여자예요!

이남 (몹시 애가 타서) 그렇다고 열흘 넘게까지 같이 기거한 이 구이남을 모르신다니 말도 안 됩니다! 절 똑똑히 보십시오!

여자 (발끈) 뭐라구요! 댁이 저와 같이 기거했다구요? 이분이 정말 큰일 날 소리 하고 있네. 어서 나가요! 나가란 말예요! 지금 당장 나가지 않으면 경찰을 부르겠어요!

이남 허, 이것 참, 무엇으로 증명하지…? 가만, 가만있자… 옳지! 장 선생이 들어오면 모든 건 해결되겠지. 저…, 장 선생이 올 때까지만 기다립시다.

여자 장 선생? 그럼, 또 한 사람의 무뢰한이 더 나타난다는 말인가요? (팩!) 이봐요!

이남 가만, 가만. 잘 알지 않습니까. 저와 같이 이 집에 있었던 또 한 사람….

여자 그렇다면 제가 남자를 한꺼번에 둘이나 기거시켰단 말인가요?

이남   잘 생각해 보십시오.

여자   아이구 맙소사! (더욱 어이가 없는 표정으로 이남을 쏘아볼 뿐)

이남   혹시… 무슨 충격을 받아서 약간 정신착란을 일으키신 게
      아닙니까? 세화 씨, 정신을 차리고 잘 생각해 보십시오.

여자   충격을 받았다면 생면부지의 남자가 나타난 것뿐예요! 그
      러니 어서 나가 주세요!

이남   (소파에 앉으며) 할 수 없군요. 장 선생을 기다리겠습니다.

여자   (새삼 이남의 행색을 뜯어보며 과감히) 댁이, 도둑이죠?

이남   (몹시 불쾌) 예?

여자   대낮에 남의 집에 무단으로 들어왔다면 도둑, 아니 사람
      이 있는 집에 들어왔으니… 강도죠? 그렇죠, 강도 맞죠?

이남   (피식 웃으며) 허어, 참! 제가 도둑? 강도? 그래요, 강도라면
      이렇게 가만히 앉아있겠습니까?

여자   배짱이 좋으면야… 그것도 여자 혼자 있다는 걸 알았으니
      까 여유를 부려보는 것이겠지.

이남   좋습니다! 세화 씨를 훔치러 온 도둑이라고 합시다. 아니
      빼앗으러 온 강도라고 합시다. 다 좋아요! 그러니 암말 말
      고 잠깐만 기다려 주세요.

여자   (이제 조금은 안심이 되는 듯 다소 경계심을 풀고) 아까부터 세화
      씨 세화 씨, 하는데 그 세화란 여자가 도대체 누구예요?

이남   우리가 찾는 여잡니다. 나흘 전에는 우리를 버리고 이 집
      을 나갔던 여자구요. 그리고 우리를 남편 후보감으로 이

집에 들여놨던 여자구요.

여자 (이제는 호기심까지?) 미인이었나요?

이남 남자들을 아늑하고 포근하게 감싸줄 수 있는 아주 상냥한 성품의 미인이었습니다. (하며 재빨리 여자의 표정을 읽는다)

여자 미친 여자군요!

이남 예?

여자 그런 여자가 게걸스럽게 남편감 찾는 광고를 내다니? 빨리 나가세요! 가서 그 미친 여자를 찾으세요!

이남 (일어서며) 찾았습니다, 벌써. (여자에게 다가서며) 세화 씨!

여자 (다시 두려움으로 몇 발짝 물러서며) 가까이 오지 마세요! 가까이 오면 소리를 지르겠어요!

이남 세화 씨는 미친 여자가 아닙니다. 전 세화 씨를 진심으로 사랑합니다. 세화 씨를 찾느라고 이틀 동안이나 온 시내를 헤맸습니다. 세화 씨, 냉정하게 저를 모른 척하지 마십시오. 제발 부탁입니다. 저를 찾게 해 주십시오.

여자 어서 나가서 그 미친 여자를 찾으라니까요! 왜 난데없이 엉뚱한 사람을 잡고 치근덕거리는 거예요?

이남 (또 다가서며) 세화 씨, 이제 장난은 그만하십시오. 왜 자꾸 시침을 떼십니까? 제가 싫으면 싫다고 하십시오. 다만 세화 씨가 아니라는 말은 하지 마십시오. 그리고 저를 확인해 주십시오.

여자 (또 물러서며) 이거 참, 기가 막혀서… 세화가 아닌데 어떻게 세화라고 하나요?

이남	기다려 봅시다. 장 선생이 올 겁니다. 그 사람도 세화 씨를 찾아다니느라고 지금쯤은 기진맥진해서 돌아오고 있을 테니까요. (하며 앉는다)
여자	그럼, 꼼짝하지 말고 거기 가만 앉아있어요! 움직이면 안 돼요! 여차하면…, 알겠어요?
이남	예, 염려 마십시오.

여자, 주방으로 간다. 이남은 가만 앉아만 있다. 주방에서 재빨리 얼굴을 내밀어 이남의 동정을 살피는 여자. 잠시 사이. 일남, 피로한 기색으로 들어온다.

일남	구 선생, 먼저 들어와 있었군요.
이남	(얼른 일어나서 다가가며) 장 선생, 마침 잘 오셨소.
일남	찾았나요?

이때, 여자가 나온다.

일남	(여자를 보곤 반가움에) 세화 씨!
이남	이래도 제가 강도로 보입니까?
여자	(일남을 뜯어보곤 이남에게) 이분이 장 선생이란 사람인가요?
이남	똑똑히 보십시오! 우리와 같이 있었던 장일남 씨.
여자	글쎄, 난 도대체…?
일남	(영문을 몰라) 세화 씨, 지금 무슨 말씀을 하고 계십니까?

여자	전 댁들을 본 적이 없어요! 어떤 사람들인지 알지도 못한다니까요!
일남	(아연!) 예?
여자	혹시 두 분이 착각을 하고 계신 게 아닐까요?
일남	세화 씨! 제가 누군지 모르겠단 말씀이십니까?
여자	전 세화가 아니라고 했어요, 분명히!
일남	그새 이름을 바꿨습니까?
여자	(펄쩍 뛸 듯) 이름을 바꾸다니요!
일남	구 선생, 도대체 이게 어찌 된 일입니까?
이남	저도 까닭을 모르겠습니다. 보시다시피 세화 씨가 분명한데 아니라고만 우기시니….
일남	(女子를 유심히 훑어 보곤) 그럼, 이 집엔 왜 있죠? 세화 씨가 아니라면 다른 집에 있어야지 여기에 있을 이유가 없잖아요. (꾀듯) 당장 나가시지요?
여자	(기가 차서) 절더러 나가라구요?
일남	(강압적으로) 어서 나가요!
여자	전 이 집 주인이에요!
일남	당신은 이 집 주인이 아닙니다!
여자	(두 사람을 번갈아 쏘아보곤) 아, 그러고 보니 두 사람이 짜고 집을 빼앗으러 왔다는 걸 실토하고 있군요? 그렇죠?
이남	세화 씨라는 걸 인정하지 않으면 집을 빼앗기라도 해야죠. 아니, 당신을 이 집에서 내몰아야죠.
일남	(가만히 여자를 보다가) 구 선생, 세화 씨가 집을 나가 있는 동

안 정신이상을 일으켜서 돌아온 게 아닐까요?

이남 글쎄, 그럴는지도 모르겠군요. 세화 씨, 말씀해 보세요. 집을 나가신 후에 무슨 험한 일이라도 겪었습니까?

여자 이분들이 정말! (냉엄하게) 이제 그만 나가 주세요!

일남 우린 이대로는 나가지 않습니다. 당신 입으로 당신이 세화 씨라는 말이 나와야 합니다.

이남 세화 씨로 말미암아 잃어버린 우리를 찾아야만 해요.

여자 댁들은 모두 자기를 잃어버렸단 말인가요?

이남 세화 씨가 빼앗아 간 우리를 세화 씨로부터 돌려받아야 합니다.

여자 오오라, 그러고 보니 댁들은 자기 상실증 환자군요? 그렇군, 당신들이 바로 미친 사람들이군요!

일남 우린 미치지 않았습니다.

여자 그렇잖으면야 여자 혼자 있는 집에서, 그것도 생면부지의 남자들이 이런 무례한 언행을 하겠어요? 댁들은 분명히 미친 사람들이에요!

이남 (사정하듯) 우린 이렇게 멀쩡합니다. 아무 이상이 없어요. 우린 분명히 열나흘 전에 이 집에 왔습니다. 그리곤 열흘째 되는 날 세화 씨는 우리를 버리고 이 집을 나갔어요. 그래서 우리는 세화 씨를 찾아 이 도시의 구석구석을 헤맸습니다. 그런데 세화 씨는 그 틈에 이 집에 들어와서는 이때까지의 모든 것을 부정하고 있어요. 우리는 그 이유를 모르겠습니다. 세화 씨, 제발 우리를 찾게 해주십시오. 예?

일남   (역시 사정하듯) 정말 세화 씨가 아니라도 좋습니다. 잠깐만 이라도 세화 씨의 자리를 지켜 주십시오. 그렇게라도 해 주신다면 잃어버렸던 우리를 되찾을 수 있을는지도 몰라요. 부탁입니다.

이남   아, 그렇게라도 해 주십시오. 잠깐만 세화 씨가 돼 주십시오.

여자   임시방편으로 잠깐 세화란 여자가 돼 달라 그 말인가요?

일남   예.

여자   잠깐이면 되나요?

이남   예!

여자   (잠시 생각에 잠겼다가 고개를 흔들며 결연히) 그렇게는 못 하겠 어요!

일남   예?

이남   (동시에) 아니!

여자   저 역시도 잠시나마 나를 잃기는 싫으니까요. 댁들을 구 해주기 위해 잠깐 세화란 여자가 됐다가 진짜 그 여자가 돼 버리면 저마저도 나를 잃어버리는 불행을 가져올지 누 가 알아요? 전 그런 위험한 놀이에 휘말려 들고 싶지 않아 요. (두 사람의 실망하는 빛을 언뜻 읽고는 순간 눈빛이 반짝하는 듯) 대신, 방법은 있어요.

일남   방법?

이남   어떤 방법입니까?

여자   (보일 듯 말 듯 묘한 미소를 띠고) 두 분이 여기서 한 달만 저와 함께 지내기로 해요.

일남 예?!

이남 (동시에) 예?!

여자 두 분 중에서 제 남편 될 사람을 선택하는 게임을 하고 싶어요.

이남 아니, 아깐 분명히 독신주의자라고 하잖았습니까. 우리 같은 구질구질한 남자들의 종이 되기 싫다고 해 놓고선….

여자 두 분과 잠시 대화를 나누다 보니까 결혼하고 싶은 마음이 불쑥 솟아났어요. 이게 제 운명인 것 같은 직감이 들었어요. 어때요, 저의 제안이?

일남과 이남, 마주 쳐다보며 뭐라고 응답해야 할지 잠시 혼란 속에 빠진다.

여자 (다그치듯) 싫다면 어서 나가세요!

이남 … 좋습니다.

여자 (일남에게) 댁은?

일남 (이남에게) 구 선생은 잃어버린 자기를 못 찾아도 좋습니까? 세화 씨는 필요 없어요?

이남 글쎄요…, 지금 상황에서 꼭 세화 씨일 필요는 없잖을까요?

여자 (일남에게 재촉하듯) 잠시 생각하실 시간을 드릴까요?

일남 구 선생, 난… 세화 씨를 찾아 나서겠습니다.

이남	(덤덤하게) 그럼…, 혼자 가 보십시오.
일남	구 선생은 영영 자기를 잃어도 좋단 말입니까?
이남	꼭 이 집을 나가는 것만 방법은 아닌 것 같습니다.

일남, 연민의 시선으로 이남을 쳐다보다가 무거운 발걸음으로 밖으로 나간다. 묘한 침묵…

여자	구 선생님이라고 하셨죠?
이남	예.
여자	(조용히 타이르듯) 구 선생님도 역시 나가셔야지요.
이남	예?
여자	두 분이 함께 남으시든지 아니면 다 나가시든지… 전 분명히, 두 분을 상대로 게임을 한다고 했어요. 일대일의 게임을 원한 건 아니었으니까요.
이남	(여자에게 다가서며) 세화 씨!
여자	아니! 갑자기 왜 또 세화란 이름이 튀어나와요?

이때 일남, 불쑥 도로 들어온다. 이남은 일남의 되돌아옴을 이미 예상이라도 한 듯한 표정, 그러나 여자는 놀라움의 빛이다.

일남	세화 씨가 아니라고 하니까 발길이 영 떨어지지를 않더군요.
이남	장 선생, 잘 돌아왔어요! 우리 두 사람이 힘을 합쳐 우리

를 찾읍시다!

일남　(여자를 빤히 보며) 성함이 어떻게 되시죠?

여자　아, 저를 소개해야겠군요. 제 이름은….

일남　(말허리를 잘라 윽박지른다) 이름을 잊어버리지 않았나요?

이남　(덩달아) 세화 씨가 아니라면 뭐라고 불러야 합니까?

여자　(뜻밖의 윽박지름에 멍하게 두 사람을 번갈아 볼 뿐 얼른 말을 잇지 못하고)…?

일남　(죄어들며) 세진 씨? 세진 씨라고 부르면 될까요?

이남　(함께 죄어 들어가며) 화영 씨? 화영 씨라고 부를까요?

일남　화영 씨?

이남　세진 씨?

일남·이남　(함께) 세화 씨!

일남과 이남, 함께 "세화 씨"를 부르며 여자를 향해 다가들자 주춤 물러서는 여자의 당황하는 듯한 표정에 핀 라이트 꽂히면서 무대 서서히 어두워진다.

– 막.

한국 희곡 명작선 107

짝

초판 1쇄 인쇄일   2022년 11월 1일
초판 1쇄 발행일   2022년 11월 7일

지 은 이   강수성
만 든 이   이정옥
만 든 곳   평민사
　　　　　서울시 은평구 수색로 340 〈202호〉
　　　　　전화 : 02) 375-8571 / 팩스 : 02) 375-8573
　　　　　http://blog.naver.com/pyung1976
　　　　　이메일   pyung1976@naver.com
등록번호   25100-2015-000102호
ISBN　　　978-89-7115-047-4 04800
　　　　　978-89-7115-663-6 (set)
정　　가   7,000원

이 책은 사단법인 한국극작가협회가 한국문화예술위원회의 2022년 제5회 극작엑스포
지원금을 받아 출간하였습니다.